衛斯理系列 少年版 21

繼續探險

下

作者：衛斯理

文字整理：耿啟文

繪畫：鄺志德

老少咸宜的新作

　　寫了幾十年的小説，從來沒想過讀者的年齡層，直到出版社提出可以有少年版，才猛然省起，讀者年齡不同，對文字的理解和接受能力，也有所不同，確然可以將少年作特定對象而寫作。然本人年邁力衰，且不是所長，就由出版社籌劃。經蘇惠良老總精心處理，少年版面世。讀畢，大是嘆服，豈止少年，直頭老少咸宜，舊文新生，妙不可言，樂為之序。

　　　　　　　　　　　倪匡　2018.10.11　香港

主要登場角色

白素

大滿

衛斯理

紅綾

大麻子

鐵頭娘子

第三十一章

似曾相識 的 情景

　　大麻子向我和白素敘述當年白老大決戰哥老會的事，他萬萬沒想到性格 **潑辣** 的鐵頭娘子，竟在那戰役中，對白老大動了情。

　　大麻子知道時，不禁訝異地問她：「我打了他兩掌之後，特意想放他走，可是當時你卻喊了一句『**等等**』，這不是因為他剛傷了你，所以你反對我放走他，要我再發第三掌，才肯罷休嗎？」

　　鐵頭娘子大力搖頭，激動得跺腳道：「你想到哪裏去了？我這一點傷，算得了什麼，這正是他向我留情的表示。當時你叫他先見了想見的人，圓了未圓之事，才回來接你的第三掌，而他卻**情深款款**地望着我，那時我就感覺到，他已見了想見的人，了無遺憾，可以接掌了。所以我緊張起來，才大喊『等等』，希望阻止他。」

　　大麻子聽了後，張大了口，不知道該説什麼才好，那真是**陰差陽錯**，天大的誤會！鐵頭娘子還十分關心地問：「他的**傷**……能完全治好？」

　　大麻子嘆了一聲，點頭道：「有了我的獨門傷藥，必能痊癒。」

　　鐵頭娘子垂下頭去，怯生生地問：「剛才那……✧天仙✧似的妹子，是大帥的……大小姐吧。」

　　大麻子吸了一口氣，「是。」

　　「他和大小姐……是早就相識的？」鐵頭娘子顯得很緊張。

　　「誰知道？」大麻子説。

　　鐵頭娘子神情**茫然**，「若是他早和大小姐相好，為什麼又對我顯示情意？」

大麻子怕她繼續胡思亂想、泥足深陷，便忍不住對她當頭棒喝：「他沒有向你傳達情意，真的沒有！」

怎知鐵頭娘子不但沒有生氣，反倒**甜笑**起來，「麻哥，女人在這方面的直覺不會錯，正如我知道，你也一直對我有情意，是不是？」

這句反問令大麻子有點尷尬，而且無從反駁，他看出鐵頭娘子已認定白老大對她有情意，怎麼也轉不過來了，只好**苦笑**着問：「現在人已給陳大小姐帶走了，你準備怎麼辦？」

鐵頭娘子秀眉緊鎖，眼神惘然，「我和大小姐……自然無法相比，但他是江湖上的**大豪俠**，未必會喜歡官家小姐，反倒是我，能和他……」

說到這裏，鐵頭娘子又甜笑起來，十分溫柔地撫摸着自己手臂上已包紮好的刀傷處，好像那是定**情**的印記一樣。

大麻子無話可說，只是搖着頭，鐵頭娘子癡癡地道：「麻哥，我是鐵了心要跟他，代我向各位哥兄哥弟說一聲。」

說完後，鐵頭娘子望着大小姐和

白老大離開的方向，好像被什麼魔力吸引住，沿着江邊慢慢向前走了去。而鐵頭娘子和大麻子江邊一別後，從此*芳蹤杳然*，竟再也沒有人見過她。

　　大麻子講完了鐵頭娘子的事，我和白素都呆了半晌。

為了緩解沉重的氣氛，大麻子指着白素，**笑呵呵**地說：

「你放心，你絕對是大小姐的女兒，不會是鐵頭娘子的，

鐵頭娘子雖然也好看，卻不是你這種氣質。」

　　白素不禁苦笑，她先以為自己的母親是傈傈族的**烈火**

女，後來又知道了是陳大小姐，可是忽然之間，又殺出了

一個鐵頭娘子來。由此可知，當年發生在苗疆的事錯綜複

雜，不是一下子能弄得明白的。

　　「而且⋯⋯」大麻子的笑容變得更**狡獪**，「我給大小

姐的獨門傷藥，雖然她沒有問我使用方法，但我想她一定

是知道該如何用的。」

　　看他這副笑容，便知道此藥**內有乾坤**，我立刻

問：「該怎麼用？」

大麻子笑道：「先要把傷者赤身露體，放在一個**大木桶**之中，用極熱的水溶解藥粉，浸上兩小時。既然白老大後來沒有死，自然是方法用對了，哈哈……」

如果陳大小姐真的用此方法**治療**白老大，那麼後來兩人走在一起，也十分順理成章了。

往事的探索，且暫告一段落，先回到女野人紅綾這件事上。

在我看完了那三千段影片後，白素曾表示想把紅綾帶到**文明社會**來，當時我頗為反對。

過不了幾天，白素又說：「我要到苗疆去。」

「才回來，不必去得那麼**頻密**吧？」

白素解釋道：「我這次去，是要紅綾帶我到**靈猴**聚居處看看。」

我嚇了一大跳：「你哥也曾籌劃過，最後也放棄了，說那根本是鳥飛不到的**險地**。」

白素笑道：「你擔心什麼？紅綾說她有辦法，一路上可以靠各種

各樣的猿猴帶路，總可以到達**目的地**。」

「你這樣做，是為了找母親？」

白素吸了一口氣，「如果她還

在，能夠找到她，自然最好。要不，看看紅綾從小是怎麼在靈猴撫養下長大，也是好的。」

　　我團團亂轉了片刻，才站定身子問：「剛才你説『這次』是去找靈猴，難道『這次』之後，還會有 *許多次*？」

　　白素倒答得爽快：「是，不斷去，甚至考慮長住苗疆。」

　　我訝異得指着自己的 *鼻尖* 問：「那我呢？」

　　白素故意埋怨道：「你又不同意把紅綾帶出來，那麼自然只好我到苗疆去了。要不，你也一起來？」

　　我皺着眉，實在大惑不解，「那個 *女野人*，對你真的這樣重要嗎？」

　　白素沒有回答，但整個人漸漸發顫，情緒變得激動，突然向我撲了過來，緊緊地抱住我。

　　在那一剎那，我真的嚇壞了，我不知道該説什麼才好，只能也緊緊地抱着她。

不但白素的身子在 **發抖**，忽然之間，我靈光一閃，連我自己也劇烈地顫抖起來，因為我想起了一件事，白素表現得如此 **激動**，並不是第一次，在我的記憶中，很久很久之前，她曾有過一次同樣的情緒反應。

那是一件極悲慘的往事，我和白素承受過同等的悲痛，一起經歷了一段 **極難熬** 的 **日子**，差點撐不下去，最後好不容易才把那件事埋藏在記憶最深處，從此不向任何人提起，生活如常，以為可以把它永久抹去，卻沒想到，那段人生最悲慘的記憶，如今又被喚起來了。

第三十二章

不想提起 的 悲痛經歷

　　那件悲慘的事發生於多年前，我和白素午夜後回家，她先上樓，我還在樓下，立刻就聽到她發出了一下**撕心裂肺**的驚叫聲，然後倉皇地飛奔下來，整個人撲進了我的懷中。

　　她緊抱着我，全身劇烈地發抖，我嚇得不知所措，也抱住了她，連聲問：「怎麼了？怎麼了？」

　　白素抬起頭來，那種驚駭的神情我從來也沒有見過，她顫聲吐出一連串重複的詞：「**女兒……女女女兒……**」

　　沒錯，女兒，當然是我和白素的女兒。

　　我和白素結婚後不久，就有了一個女兒。在所有父母的心目中，自己的女兒永遠是最可愛的小女孩，我和白素自然也不例外。所以女兒一出世，就成了我和白素生活的

中 **心**，一切都環繞着這個胖嘟嘟、圓臉大眼的小女孩而進行，生活對我和白素而言，有了新的意義。

等一等。衛斯理和白素的女兒？怎麼從來也沒有聽説過？

因為發生了一件極悲痛的事，使我和白素陷入了**痛苦的** **深淵**，後來好不容易才將那段記憶深深埋藏起來。我以為這一輩子也不會再提起了，可是沒想到，白素激動發抖的擁抱，把那長久塵封的慘痛記憶又喚醒過來。

當時白素叫出「女兒，女兒」的聲音，可怕之極，我立時遍體生寒，知道一定出了什麼事故，立刻就大聲叫喚：「**老蔡**！」

那時老蔡還不是很老，而且特別喜歡小孩子，屋子裏自從有了**小生命**，他的高興不在我們作父母之下，等到

小女孩漸漸長大，會爬會走路會牙牙學語，老蔡對她的照顧只怕還在我們之上。

每逢我和白素有事外出，女兒自然就交託給老蔡照顧。所以，一想到女兒出了問題，我自然首先叫喚老蔡。

我一面叫，一面**竄**上了樓梯，白素緊跟在我後面，她仍然慌張得說不出完整的話。

女兒房間的門是開着的，白素和我幾乎同時掠進了房間，我一看房裏的情況，就理解白素為何會那樣驚慌了。

我看見老蔡俯伏昏倒在地上，小牀上**沒有**了小人兒，有一扇臨街的窗子打開了，其時秋風甚涼，當然不會在小孩睡着的時候開窗。而最令我們心寒的是，防止女兒攀爬出意外的 **窗花** ，竟然遭到了破壞，好像被人硬生生撞開了一個洞似的。

　　當然，這絕對不會是一個剛學會走路的小女孩所能破壞的，甚至連老蔡也辦不到。我急於盡快找到女兒，當機立斷説：「我去屋外看看，你在**屋子**🏠裏找找，順便把老蔡弄醒問清楚發生什麼事！」

　　我們便分頭去找，我在屋外繞了一圈，沒看到任何意外墮地的痕迹，心中稍寬之際，突然聽到白素從窗子喊出來：「老蔡醒來了！」

　　我又發狂一樣回到屋子裏，飛奔上樓，衝進房間，看到白素正扶着老蔡坐好，我着急地追問他：「*孩子呢？**孩子呢？*」

　　老蔡身體有點發抖，牙關打顫地説：「一個人……*飛*進來……把小人兒抱走了。」

　　「什麼樣的人？」白素緊張地問。

老蔡臉容抽搐，猶有餘悸，斷斷續續道：「我⋯⋯沒有看到⋯⋯那是什麼樣的人。」

這像話嗎？有人進來把小孩抱走，老蔡不但看顧不力，而且連對方是什麼人也看不清楚，真是太不像話了！

可是一看到他那**煞白**的臉色，我就知道事情並不簡單，所以暫時也不責備他，只等他喘定了氣，盡快把事情經過説清楚。

老蔡喘定後，講述道：「我們當時正在玩『**騎牛牛**』，窗子突然響了一聲，我轉頭看去，只見窗簾揚了起來，一個人影從窗子閃進，我正想起身，但那人動作快絕，往我後腦重重**劈**了一下，我在倒地之前，只看到那人把小人兒抱走了，卻看不到那人的容貌。」

「還是從窗子走的？」我問。

老蔡點着頭，我和白素一起向窗子望去，窗簾被我扯了下來，窗子的情形可以看得十分清楚。鋁質的窗花，當然不是十分結實，但普通人要撞破窗花進來也絕不容易。只見窗花是被人**硬生生**撞開了一個洞，那洞的直徑不過四、五十公分，一個人要穿進來已經不容易，若果還要抱着一個兩歲半的小孩子逃出去，更是**難上加難**。

而且我們發現，被破壞了的鋁條，一律彎向屋內，中間形成一個洞。當時我和白素都猜測着那人到底是用什麼**工具**撞破窗花，直到白老大來看過後，他一下子就指出：「這個洞，是武功絕頂的高手一下子撞開來的。」

人的身體一撞，居然可以把鋁質窗花撞成一個洞，並穿身而入，實在難以想像。當時我略有疑惑之色，白老大悶哼一聲，身子一躬，**如箭離弦**，向另一扇窗子

撞去，「嘩啦」一聲響，不但撞碎了玻璃，也把鋁質的窗花

撞出了一個洞，他身子已從那 **破洞** 之中穿了出去，被他

撞出來的那個洞，破裂的鋁條全都是彎向外的。

　　白老大用實際行動證明了他的判斷，抱走女兒的是一

個武功絕頂的 **高手**。而白老大來到的時候，已經是變

故發生之後的第三天了。

在這三天之中，我、白素和老蔡，不但沒有睡過覺，而且也未曾進食過。

當然，在這三天之中，我們連一分鐘都沒有浪費，盡我們的全力追查女兒的下落。

白老大得知信息趕來時，**面色鐵青**，怒喝道：「連我白老大的外孫女兒都敢動，不論是什麼人，追到天涯海角，也要把他追回來！」

當時我和白素已經運用了一切我們可以運用的關係去追查，而且也作了種種猜測，首先猜想可能是**綁票**，但幾天下來，沒有任何人來向我們勒索。其次，我們又想到可能是仇人所為，但經過多方查探，也沒有結果。

白老大運用他**江湖**上的動員力，再加上**警方**全力調查，我們以為很快就能查個水落石出，可是日子一天

一天地過去，女兒和那個把女兒抱走了的人，就像是在空氣之中消失了，半點線索也沒有。

我和白素甚至懷疑過，我們的女兒是不是被**外星人**帶走了？但以我多次和外星人打交道的經驗，這次事件的每個細節裏，我都「嗅」不到絲毫外星人的「氣味」。

白素、白老大和我都感到悲痛欲絕，每天所承受的巨大壓力和苦楚，已經到了可以忍受的極限，我們三人都差點陷入了**瘋狂**。

直到一年之後，又到了那個可怕的日子，女兒失蹤的一周年，我們三人都看出彼此快承受不住這樣的**悲痛**，一旦崩潰將會出大事。

正因為我們互相擔憂彼此的狀況，那一刻我們都不約而同下了決定，彼此很有默契地，以後完全不再提起這件

事，將關於這件事的一切徹底銷毀，把那段記憶嚴密封存
起來，就像從來沒有發生過一樣。

　　我們這樣做，是為了互相保護對方，不要受那悲痛的
情緒影響，以免發生更大的 **悲劇**。

第三十三章

女兒

最早行動的是我，開始把那段記憶抹去，將一切有關的事物銷毀。白素和白老大初時對我的行動或許有點**抗拒**，但很快就理解了，並沒有反對或阻止，甚至很有默契地配合起來，因為他們也知道，若不把這段記憶抹去，我們三人會一直活在痛苦之中，無法自拔。

我的行動在表面上十分成功。由於過去一年來，我們的巨大哀痛，讓我們周圍的人都感受極深。所以，當所有人發現我們已經**忘記**這宗變故後，也自然而然絕口不提。

因此，我們的一些新朋友，像原振俠醫生、胡說和溫

寶裕等等，除非刻意極細心地查探，否則根本不會知道我和白素曾經有過一個女兒。

這雖然是自欺欺人，但對我們回復正常的生活十分管用。

這些年來，對於那段可怕經歷，我真的可以做到連想也不想的地步。可是這個時候，討論到女野人紅綾的事，白素突然擁着我劇烈地發起抖來，這個似曾相識的舉動和感覺，把埋藏在最深處的記憶引爆了出來。

我知道白素有這樣劇烈的反應，一定是因為憶女成狂，在與紅綾相處的日子裏，勾起了她那段傷心的記憶，使她把紅綾當成是我們失蹤的女兒了。

我極力壓抑着自己的情緒，安慰着她：「**不要亂想。**」

白素明白我的意思，抿着嘴，凝視着我，緩緩地點了點頭說：「是真的。」

　　她這句話是什麼意思？難道她説紅綾真的是我們的女兒？太胡扯了！

　　我勉力定了定神，以十分乾澀的聲音**哀求**道：「唉，多少年來，埋藏心裏，不想再觸及的那頭沉睡妖怪，我們就不要去喚醒牠了，好不好？」

　　但白素的反應令我很意外，她居然堅定地説了一個「**不**」字，令我感到如同利刃穿心的痛楚。

　　我不禁也激動起來，語氣亦變得重了：「不？那你的意思是，非把往日的**創傷**挖大不可？看着血淋淋的傷口才滿意？」

　　白素沉聲道：「傷口一直在，從沒停止過流血，只是我們在**掩飾**。」

　　「掩飾不好嗎？我覺得很好，我很滿意。」我挺了挺胸，強裝輕鬆。

白素的話也愈來愈尖銳，不但如同利刃穿心，簡直像**千刀萬剮**，她說：「你這是在自欺欺人。」

我的情緒忍不住要崩潰了，扯着喉嚨大叫：「是！我是在**自欺欺人**，你難道不是？你更在自欺欺人。我們失去了女兒——」

說到這裏，我胸口一陣劇痛，幾乎連呼吸也停止，掙扎了好一會才能夠接着説下去：「——但也不能把一個滿山亂跳的**野人**當作是自己的女兒！」

我急促地喘着氣，白素伸手在我胸口搓揉着，極力平心靜氣地説：「我沒有自欺欺人，我可以十分**肯定**，她確實是我們的女兒。」

我瞪大了眼睛，呆住了許久才吐出一句話：「你憑什麼這樣肯定？別告訴我憑直覺。」

沒想到白素點頭説：「作為母親的直覺。從我第一次握住她的手時，我就知道，我和這個全身長毛的女野人，有着**血連血**，**肉連肉**的關係，她是從我的身體分出來的一部分，我們之間的那種聯繫是無形的，看不見摸不着，可是又確實存在，不但我有這種感覺，她也有，你想想當時的情形。」

這時我腦裏一片混亂，理性在不斷告訴我，這是不可能的，我質疑道：「我們的女兒被人抱走，音信全無，怎麼會在苗疆變成了女野人？」

白素的回答是：「因為她一被人抱走，就被抱走她的那個人，帶到**苗疆**去。」

「你怎麼知道？」我很擔心白素是不是已經陷入了神經錯亂，以致胡思亂想，於是我盡量使自己心平氣和，去**慰解**她：「我們都懷念失去的女兒，我知道紅綾樣子可愛，身手驚人，而且絕對有過人的智力，你如果要將她當作女兒，也無不可。不過，她絕對不是我們那個『*小人兒*』，這樣對紅綾也不公平。」

36

我說完這幾句話後，想起了我們女兒的可愛模樣，不禁鼻子一酸，哽咽起來。

只見白素深深吸了一口氣，並長嘆一聲說：「我並不是 憶女成狂，紅綾，真是我們的女兒。有一些事——我沒有告訴過你。」

「真好，多年夫妻，原來你還有事隱瞞着我。」我冷笑了一下，也藉此緩和一下情緒。

白素神情苦澀地解釋：「當時我不知道那些事有什麼重要，可是現在，和其他的事湊在一起看，卻又重要無比。」

我心思紊亂，只能一直望着白素，等她說下去。

白素側着頭，想了一會才再開口：「你記不記得，當你和小寶去了 降頭☠之國 時，我曾和鼎鼎大名的女俠木蘭花見過面？」

「當然記得，你和木蘭花的談話內容，我一直不知道。但我不相信會和我們的女兒有什麼關聯。」

「我們的女兒」這麼普通的一句話，在我和白素之間已經許多年沒有說出過了。如今再說，心頭還會有一陣 劇痛。

「你聽下去就會明白。」白素說：「木蘭花聽說我曾向人打聽過，若干年前，在苗疆的一次 飛機✈失事 意外——」

白素才說到這裏，我已經不禁「╲啊╱」了一聲，着急地問：「我們一直查不出來，難道木蘭花知道那宗意外事件的詳情？她告訴了你什麼？」

　　白素的神情有些古怪，看來那件事一定有十分出人意表之處，儘管我已經有了心理準備，但白素的答案依然大大出乎我意料之外。

　　她的回答是：「木蘭花説，那在苗疆失事的，不是什麼飛機，而是一艘 *宇宙飛船* 。」

　　我登時呆住了。

第三十四章

宇宙飛船

　　白素向我敘述她和木蘭花見面的經過，兩人一見如故，木蘭花一開口就提及了那宗「**摔**飛機」事件，並說：「告訴我那是一艘宇宙飛船的人，是哥老會的成員。但他根本不知道什麼是宇宙飛船，都是令尊告訴他的。」

　　白素很訝異，「那袍哥大爺見過我父親？在苗疆？」

　　木蘭花笑道：「當然是。不然，令尊何以會告訴他那飛機是宇宙飛船？那位袍哥大爺的名字是 **大滿**，其實那不是他的名字——」

白素立刻接了上去：「那是他在總堂口中排名**第九**。」

木蘭花點點頭。白素記得這個大滿被鐵頭娘子的柳葉刀砍下了一隻左手，所以白素向木蘭花指了一下自己的**左腕**。

木蘭花訝異地問：「你認識這個人？那他一定已把事情告訴過你了？」

白素連忙解釋：「不，我不認識這個人，只是聽另一位袍哥大爺說起過他斷手的經過。」

木蘭花揚了揚眉，表示她也想知道大滿斷手的經過，白素立即用最簡單的**言語**告訴了她，聽得木蘭花驚詫不已，吁了一口氣：「我明白了。大滿雖然斷了手，可是對鐵頭娘子的**戀慕**之情不減，他到苗疆去，是去找鐵頭娘子的。」

白素也不禁「啊」了一聲，她也明白了：鐵頭娘子單戀白老大，所以跟着白老大進了苗疆，而大滿則單戀鐵頭娘子，所以也到了苗疆。

木蘭花繼續説：「你既然熟悉那些人物，我説起來也方便多了，大滿在苗疆遊蕩，約莫兩年後，才聽到了有關令尊的**傳說**。」

白素點頭，「是，家父在苗疆，成為了苗人尊重的 **陽光土司**。」白素接着還把白老大對那一段生活絕口不提，

以致自己連親生母親是誰也不知道等等的情由，告訴了木蘭花。

「原來如此。」木蘭花恍然大悟，「我本來也覺得奇怪，有關那宇宙飛船的事，令尊應該和你們說起過，何以你們還要到處去打聽資料。」

大滿知道鐵頭娘子是為了白老大才進入苗疆的，當日白老大大鬧總壇的時候，大滿並不在場。因為他斷手之後，很快就遠走他方，去尋覓巧手的鑄金匠人，為他鑄造一隻假手。

他聽聞俄羅斯巧匠鬼斧神工，便去各大都市打聽，終於在極北的城市齊齊哈爾，找到了一位俄國巧匠。

大滿不缺錢，就和這位老巧匠細細商議，替他鑄造一隻假手，手指的靈活程度和真手無異，靠手腕揮動之力，

就能做出各種動作，而且假手還內置了不少機括，每隻手指之中都藏了厲害的 **暗器**。

老巧匠用足了心機，花了將近一年的時間，鑄造好了假手。大滿心滿意足，套着 **金光燦燦** 的假手回到四川，一下子就轟動了整個江湖，人人稱他為「金手九郎」。可是大滿卻不開心，因為他並沒有見到鐵頭娘子，只在大麻子處，知道了鐵頭娘子的種種，他忿恨地說：「姓白的是什麼東西，連鐵妹子都看不上，他一定是 **眼瞎** 了！」

大滿知道鐵頭娘子在苗疆，也就跟了來，這時鐵頭娘子早已進了苗疆，大滿心中想好了，見到她，就對她說：「別再 **留戀** 那個姓白的了，你看，你叫『鐵頭娘子』，我叫『金手九郎』，連名字都是現成的一對，可謂天作之合。」

　　大滿心想，鐵頭娘子在傷心失意之時聽了這番話，一定會**感動**的。

　　這些日子以來，鐵頭娘子確實傷心失意，她在苗疆想盡辦法去尋找白老大，可是花了兩年時間，依然未能如願。若是換了別的女子，早就放棄了，但鐵頭娘子卻是鐵了心，非要找到白老大不可，所以仍然留在苗疆。

　　她每天餐風飲露，長吁短嘆，淒淒涼涼如孤魂野鬼，渾渾噩噩像**行屍走肉**，連她自己，也不知道日子是怎麼過的，可是她的一顆心，卻仍然繫在白老大的身上。

　　直到有一天傍晚，鐵頭娘子獨自坐在一條山澗旁邊，望着潺潺流水，看見水面映出她那憔悴失意的臉，感到悶悶不樂，便拿起一根樹枝，敲亂水中的**映像**，不想看到自己此刻的容顏。

　　鐵頭娘子敲得累了，停住了手，在水面漸漸回復平靜的時候，她突然看到水面反映的天空上，出現了一道 **紅色的弧線**。那時正值傍晚時分，殘陽如火，漫天紅霞，忽然出現了一道紅色的弧線，若不是鐵頭娘子如此專注地望着水面，也不會察覺到。

　　她立即抬頭一看，發現那道紅光急促地投進了對面的一個山頭之中。她腦海裏首先想到的是 **神仙**──神仙下凡了！

　　鐵頭娘子在川西長大，四川多山，青城峨眉，全是傳說中神仙劍俠出沒的所在地，她自小聽這種故事聽得太多了，印象深刻，所以一看到剛才的情形，就產生了無限的幻想，立刻就向那座山頭趕去看看。

　　要看到這道紅光現象，必須恰好 **機緣湊巧** 才行。

因為紅光在天際一劃而過，在那時候，如果人在屋子中，就看不到了；不是正好抬頭向天，也看不到，有太多看不到的因素了。而且，看到的如果是苗人僳僳人，或許心中會**好奇**一下，甚至跪下來向天拜上幾拜，然後就完了，不會有人去深究。

可是機緣巧合之下，偏偏白老大看到了，大滿也看到了。

白老大那時恰巧離那紅光落地的山頭十分近，他正在觀看**落霞**，欣賞着大自然的奇景，忽然就看到了那股紅光呈弧形墜落。

白老大是有識之士，首先想到的，當然不是神仙下凡，而是飛機失事。他離那個山頭近，便立即趕去看看。

　　那時大滿正對着**落日**，欣賞自己的金手。自從裝上了這隻金手之後，他十分滿意，並不感到斷手之悲。

　　他高舉着金手，迎着落霞細看，忽然之間，他也看到那股一閃而過的紅光。

　　大滿呆了一呆，他想到的，和白老大、鐵頭娘子想到的又有不同，只覺得是有什麼東西從天上掉下來了，出於**好奇心**，於是也立刻向那個山頭趕去。

第三十五章

天意

三個人之中，白老大離目的地最近，鐵頭娘子次之，大滿最遠，所以三人到達那個山頭的次序也是如此。

白老大先趕到那個山頭，已是接近 **午夜時分**，他在山頭上打了一個轉，沒有發現，也不打算再找了，就在他準備離開的時候，他經過一塊大石，步伐十分急，所以一下子就和從那塊大石後急急轉出來的一個人，撞個滿懷。

　　白老大從未想到，半夜三更，在這種荒山野嶺，還會碰到人，所以他着實吃了一驚，而身為一個卓越的**武術家**，他的反應也快絕，雙手一伸，已經抓住了對方的雙臂。他起初甚至不知道撞上來的是人是猿，還是其他野獸，但不管撞上來的是什麼，先抓住了對方，總不會有錯。

　　他十指一緊，感覺到雙手抓住的，是瘦瘦的手臂，再定睛一看，**月色** 🌙 之下，看到的是一張白裏透俏的臉上，現出大喜若狂的神情。

　　當時白老大並沒有一下子就認出這個被他捉住了雙臂的女子，就是鐵頭娘子。因為對他來說，在哥老會的總

壇，一出手就制住了鐵頭娘子，這是微不足道的小事，早就忘到 **九霄雲外** 了。

可是對鐵頭娘子來説，才一轉過石角，就撞到了人，還被人抓住，自然吃驚之極。但定睛一看，用這樣強而有力的手，緊緊握住她手臂的人，竟然就是自己日思夜想，為之失魂落魄的  **心上人**，這一份狂喜真是難以形容，以為自己身在夢中。

鐵頭娘子情不自禁地撲向白老大的懷中，身子緊貼着白老大，雙臂用力抱住了白老大的腰，看起來就像一對久別重逢的 **情侶**。

她口中含糊不清地說着：「可找到你了。皇天不負有心人，天意指引，終於找到你了！」

她激動得在發抖，但直到這時為止，白老大仍然未想起她是什麼人，只是十分詫異，以為對方遇到了什麼驚險的事，或是剛剛被他撞得很傷，便慌忙慰問道：「你沒事吧？是不是給我撞傷了？」

白老大想把她推開一點，看她是否受了傷，可是鐵頭娘子像頭樹熊一樣，雙臂緊緊環抱着白老大。白老大為怕弄傷她，也不敢用力推開，只好輕拍着她的背以示安慰，慢慢等她鎮定下來。

鐵頭娘子甚至將雙臂繞向白老大的頭，手臂伸向上，露出了一雙小臂，白老大立刻看到了她小臂上的兩道傷痕。

當日白老大賣弄武功，令鐵頭娘子的柳葉雙刀反傷她自己，在手臂上劃出了兩道口子，但其實傷得極輕，只要不去刺激它，根本不會留疤痕。可是鐵頭娘子卻**故意**讓這兩道傷口，在自己的玉臂上留下了疤痕，作為印記。

白老大一看到了雙臂上的傷痕，才認出對方是誰，立刻**失聲**叫了出來：「鐵頭娘子。」

因為過於驚詫，所以白老大一開口有點吐字不清，以致鐵頭娘子把他的話聽成了只有「**娘子**」兩個字，沒有了「鐵頭」。她滿心喜悅地應了一聲，抱得更緊，情深款款地說：「我找得你好苦。但換來你叫我一聲娘子，一切都值得了。」

白老大一聽她這麼說，大大感到事情的**不對勁**，連忙硬起心腸，把鐵頭娘子推開。但鐵頭娘子失去平衡，向後傾的時候，順勢拉住了白老大的雙手。

白老大畢竟有風度，總不能看着鐵頭娘子跌倒而不顧，所以也只好讓她拉住了雙手。

這時候，旁邊不遠處突然金光一閃。白老大轉過頭去，發現一個人正掩着臉望過來，而那掩着臉的手，竟然閃耀着**金光**。

突然之間又出現了這樣的一個人，白老大在吃驚之餘，連忙擺脫了鐵頭娘子的雙手，低叱道：「看，有人來了，這成何體統！」

鐵頭娘子甜笑了一下，雖然放開了手，但仍然緊靠着白老大站在一起，儼如**情侶**。

而那個有着金手的人，自然是大滿，剛才他趕到的時候，恰好看到白老大和鐵頭娘子擁抱在一起，看起來**纏綿**之極，大滿登時像跌進了深淵，幾乎閉過氣去。

鐵頭娘子很快就認出眼前的人是大滿，但她哪裏知道大滿是一往情深，專程來苗疆找她求愛，一見之下，她喜上加喜，脫口就說：「九哥，你來得正好。」

大滿並不笨，看到白老大和鐵頭娘子剛才的親密擁抱，已是心灰意冷，現出了一個比哭更難看的笑容，苦笑道：「**恭喜了**。我來得正好，是不是你們要作個海誓山盟，正好缺個見證人？」

鐵頭娘子眉開眼笑：「正是。」

白老大愈聽愈覺得離譜，大喝一聲：「**你們——**」

他本來想喝罵「你們在說什麼」，可是他才叫出了「你們」兩個字，就聽到一下轟然**巨響**，同時，左前

方有火光迸現，剎那間照得半邊天通明，可是只有幾秒鐘，火光就不見了。

　　那一下巨響，把白老大要喝的話擋了回去。白老大立時記起，自己之所以來到這裏，全因為看到好像有一架飛機失事墜毀過來。而剛剛那一下巨響，會不會就是失事飛機爆炸的聲音？

　　一時之間，他也顧不得亂七八糟的事，疾叫一聲：「那邊有飛機摔下來了，我們去看看！」

　　他說着就直奔過去，鐵頭娘子趁機拉着白老大的手跟上去，大滿看在眼裏，自然不是味兒，但也跟着他們跑。

　　這個山頭，離白老大這些日子來的棲身之所——俫俫族歷任 **烈火女** 所住的山洞極近。那個山洞就在這個山頭

的範圍之內，所以白老大對這一帶的地形很熟悉，縱躍如飛。鐵頭娘子拉着他的手，白老大只當鐵頭娘子不熟地形，依仗他帶路，所以也沒有擺脫開來，而鐵頭娘子心裏卻快樂得像是做了神仙。

跑了沒多久，就來到了一座懸崖峭壁，向下看去，只見峭壁之下有一團圓形的 **紅色火光**，在不住閃動。那團火光的範圍相當大，在火光之旁，看來像是有兩個人，正在蹣跚而行，走不了幾步，又一起跌倒在地上。

白老大失聲道：「有人生還，看情形受了傷！」

心情極好的鐵頭娘子附和道：「我們快下去**救人**！」

第三十六章

神仙打救

一説到要攀下峭壁救人，白老大立即提醒：「這**峭壁**，我好幾次上下攀緣，險惡莫名，非要有大量繩索不可。」

說到這裏，大滿也趕到了，白老大説：「我去找**繩索**回來，你們留在這裏觀望着，千萬別輕舉妄動，我説空手下不去，就是下不去。」

鐵頭娘子不捨得，「白哥，我和你一起去。」

白老大一頓足，指着鐵頭娘子，嚴正地説：「你，我得説清楚，**你全都想岔了**，

全沒那回事，也真不知道你是怎麼想的！」

白老大說得聲色俱厲，鐵頭娘子簡直嚇呆了，不知道如何反應。

「等我回來，不要亂走。」白老大說着已轉身疾奔而去，只見他的身影才一轉過山角，大滿和鐵頭娘子就聽到他「咦」地一聲說：「你怎麼會在這裏？」接着是一個小孩子叫道：「爹。」

當時大滿和鐵頭娘子各有**心事**，所以聽了之後也沒有在意。

但白素聽木蘭花敘述時，和我這時聽白素複述的情形一樣，大感訝異。我連忙打斷了白素的話，叫了出來：「白老大見到了你的**哥哥**！」

白素點頭認同。

「那時，他還不到兩歲，怎麼會半夜三更，獨自在山野之中？」我感到疑惑，但馬上又自問自答：「不過那山頭離他住的烈火女山洞十分**近**，你哥哥自己走出來逛逛，也是有可能的。」

白素說：「那個團長就說過，爹叫哥哥自己回去，可知哥哥是**獨來獨往**慣的。」

我思緒紊亂之至，凝神道：「素，讓我們一步一步，把事實湊出來。」

白素立時明白我的意思，首先提出：「爹離開，是要去找大量的繩索，去救峭壁下的那兩個人——」

我接上去：「最快能得到**大量**繩索的方法，是到傈傈人聚居的村落去找。」

「爹一轉過山角，就見到了哥哥，於是抱着哥哥趕路。」

我推測道：「我估計，他到了傈傈人的村落，請求村裏的人收集大量繩索，盡快帶到峭壁那邊去，而他自己則先回懸崖邊，看看那兩名**生還者**的情況。」

白素一面思索，一面說：「這一去一來，天已亮了，爹在半路上，碰巧救了那個團長，所以他才會問團長是不是摔飛機的**倖存者**。」

我們分析得很有理，而且時間上也十分 **吻合**，我接着說：「團長聽不懂白老大説什麼，顯然與飛機失事無關，白老大趕着去救人，卻又擔心墜機現場太**危險**，所以就叫孩子先回去。」

白素神情凝重地點了點頭，「爹當時説：『該回去了，你媽會惦記，唉，可是那兩個人，又不能不理，你能

自己先回去？』接着，爹就讓我哥先自行回去，而他自己

則回到 **懸崖**  那邊。」

　　白素繼續轉述從木蘭花那裏得來的資料，當時在峭

壁之上，白老大去了找繩索後，鐵頭娘子一臉迷茫地問大

滿：「他剛才說什麼？為什麼發那麼大的脾氣？」

　　大滿旁觀者清，嘆息道：「鐵妹子，他說你把事全想

岔了……那就是說，他 **心** 裏根本沒有你。」

　　鐵頭娘子 **嬌笑** 起來，根本不把大滿的話放在心上。

大滿禁不住對她當頭棒喝：「從頭到尾，全是你一個人在

害單相思！」

接着，他就把大麻子的判斷，一口氣說了出來。鐵頭娘子無法接受，厲聲道：「你胡謅！這全是我自己的事，你們倒比我清楚？」

「鐵妹子，**旁觀者清，當局者迷。**」

鐵頭娘子大叫：「剛才的情形，你明明也看到，他對我多親熱！」

一想起剛才的情景，大滿也無話可說，走開了幾步。鐵頭娘子芳心繚亂，團團亂轉，兩人根本沒有留意峭壁之下，那兩個「摔飛機」的生還者怎麼樣。

一直到天亮，終於看到白老大趕回來，鐵頭娘子立時叫：「**白哥**。」

她向白老大疾奔過去，看情形，又想**纏**在白老大的身上。

　　可是這一次，白老大有了提防，鐵頭娘子一撲上來，他雙手齊出，一下子就抓住了鐵頭娘子的雙臂，把鐵頭娘子直提了起來。

　　鐵頭娘子連聲音都變了：「白哥，為什麼不讓我抱你？」

　　白老大扳下了臉：「**你全想岔了**，是不是當日我在總壇上，令你有什麼誤會？當時我身受重傷，根本什麼都顧不上。昨夜你一出現，我一時間還認不出你是什麼人！」

　　白老大一說完，就把鐵頭娘子重重地放回地上。

　　鐵頭娘子全身發抖，神情淒惶，**顫聲**道：「白哥，你在耍我？別耍我，你昨夜還稱我『娘子』……」

白老大立時澄清：「我已有**妻兒**，怎麼會叫你娘子？一定是你聽錯了，把鐵頭娘子聽少了兩個字！」

鐵頭娘子呆呆地慘笑起來，突然拔出柳葉雙刀，一翻腕，就向自己的頸項砍去，想要**刎頸**。

幸好有白老大和大滿這兩個高手在旁，大滿金手一翻，先將她左手上的刀奪了下來，白老大一腳踢中她的右腕，把右手的刀踢飛出老遠。

鐵頭娘子也真有了必死之心，雙刀脫手後，一聲不響，轉身就向着峭壁**躍**\\下去。

眼看鐵頭娘子已撲出了懸崖，大滿驚叫一聲，不顧一切向前**撲**了出去，伸出金手，卻未能抓住鐵頭娘子，連他自己也跌下懸崖。

剎那間的變化當真驚心動魄，白老大雖然久經世面，也不禁膽顫心驚，他也大叫一聲，撲到了懸崖邊上，向下看去。

沒想到，這時候奇蹟出現了，只見兩個**銀光閃閃**的人不知從哪裏冒出來，忽然疾飛而上，帶着一種異樣的聲響，上升得極快，一下子就來到了正在下墮的大滿和鐵

頭娘子身邊，一人抓起一個，繼續*上升*，一眨眼到了懸崖之上，鬆手放下了兩人，再繼續上升，轉眼之間，只剩下了一個銀色小點，消失於天際。

白老大看得發呆，大滿和鐵頭娘子真正是進了**鬼門關**又出來，此刻如同泥塑木雕一樣。然後鐵頭娘子最先「哇」地一聲哭了出來，一面哭，一面撲向大滿，大滿呆了一呆才回過神來，也把鐵頭娘子緊緊*摟*在懷中。

剛才的事，雖然只是發生在 **電光火石** 之間，可是勝過了千言萬語。在女人心中，還有什麼比一個肯為你而死的男人更可貴？

過了好一會，鐵頭娘子和大滿才異口同聲地問：「剛才是怎麼一回事，那兩位神仙⋯⋯不等我們叩謝救命之恩就飛走了？」

大滿和鐵頭娘子都是四川人，四川特別多 **神仙** 出沒的傳說，兩人也十分迷信這種故事，所以一下子就認定是神仙打救。

但白老大的想法不一樣，他知識豐富，想像力非凡，往懸崖下面看去，發現那一大圈 **火光** 已經完全熄滅，留下了一個呈灰白色，看起來像巨型金屬餅的物體，便失聲道：「那不是飛機，也不是摔下來，而是正常降落的──**宇宙飛船**！」

大滿和鐵頭娘子也向下看去，神情十分疑惑。

而白老大的心情卻很興奮，心中在想：等倮倮人把繩子送到，他就縋下去看個究竟，這個發現必然**轟動**全世界。

但這時候，上空忽然又傳來那種刺耳的破空之聲，三人一起抬頭看去，只見兩道銀虹自天而降，正是剛才飛走的兩個「神仙」，現在又**飛回來**了。

白老大更是大喜過望，高舉雙手，又叫又跳，歡迎「神仙」降落在他面前。

可是兩股銀虹到了還有幾百尺高處，便停了一停。在**陽光**之下，可以十分清楚看到，那是兩個人，身上穿着銀光閃閃的衣服，懸浮在半空中。

白老大叫了出來：「他們看到我們了！」

大滿和鐵頭娘子雙雙**跪下**，叩起頭來。

可是那兩個「神仙」只在 *半空中* 略停了一停，然後好像有什麼緊要的事，突然又急速掠過了最近的一個山頭不見了。

白老大有點愕然，望着兩個「神仙」飛去的方向喃喃道：「為什麼他們不肯降落在這裏？那個方向剛好是我居住的 *山洞*，難道⋯⋯他們要在那裏等我？」

第三十七章

另外還有人看到

　　白老大猜想，那兩個外星人會不會飛去了他所住的烈火女山洞？於是指向那山頭，對鐵頭娘子和大滿說：「我住的山洞就在那邊，兩位要不要跟我一起過去，說不定仙緣巧合，能和神仙見上一面，就福分非淺了。」

　　他知道兩人的現代知識不夠，把那兩個外星人當成神仙，所以才用這樣的話去打動他們。果然，兩人一聽，互望了一眼，滿心喜悦，連連點頭。

白老大急急向前走去，大滿和鐵頭娘子跟在後面。鐵頭娘子這才知道白老大的住所就在那個山頭，想起自己在苗疆打了兩年轉，感慨不已。

山路崎嶇，雖説不遠，但是也有 一段路 要走，好在他們全是武功絕頂的人，又是各自心情最好的時候，所以雖然一夜未寐，但一樣精神奕奕，健步如飛。

不一會，就迎面遇上了一隊倮倮人，各自背着野籐或樹皮搓成的 繩索 ，那自然是白老大早前去找的，白老大和帶頭的説了幾句，有點猶豫，決定不了是先去峭壁之下看那宇宙飛船，還是去找那兩個神仙。

這時鐵頭娘子說：「那飛⋯⋯船不會走，神仙要是等久了，說不定會 **生氣** ，還是——」

白老大點了一下頭，「說得是。」

於是他吩咐了倮倮人幾句，就再向前趕路，轉過了一個山角，看到前面有一個孩子呆呆地站着。那是十分 **險峻** 的山路，一不小心就會粉身碎骨，大滿和鐵頭娘子大感驚訝，失聲叫了起來。

白老大卻一點也不奇怪，他笑着道：「這是小兒，別看他兩歲不到，但自小在山裏竄慣了，並不礙事。」

大滿和鐵頭娘子又是驚訝，又是佩服，想起白老大去找繩索時，他們曾聽到有 *孩子的聲音* 叫「爹」，自然就是眼前這個小男孩了。

留着「三撮毛」的白奇偉轉過身來，一見到白老大就叫：「爹。」然後疾奔過來，神情惶急，臉上還有着淚痕。

白老大在剎那之間，由滿臉笑容變得神情駭然，因為他從兒子的神情中，看出一定發生了極不尋常的變故。

他迎上前去，一把抱起了白奇偉，連聲問：「叫你自己回去，你怎麼不回去？怎麼了？什麼事？」

白奇偉那時不足兩歲，語言表達能力有限，加上情緒不穩，只能 唔唔 呀呀 ，説不出個所以然來，白老大急得連連頓足，立刻邁開大步，趕快回山洞去。

　　大滿和鐵頭娘子一見這種情形，也知道有變故發生，便急急跟在後面。

　　由於白老大急於回山洞看看，加上對地形熟悉，即使抱着孩子趕路，行動也比鐵頭娘子和大滿 **快** 得多。

　　等到大滿和鐵頭娘子趕到那個山洞口時，他們並不知道發生了什麼事，只看到山洞口有不少傈傈人，都在向天行禮或跪拜，而在山洞之中，傳出了極悲憤的 **吼叫** 聲，一聽就知道是白老大發出來的。

　　緊接着，白老大抱着孩子疾竄了出來，人影一閃，已在三丈開外。

　　大滿和鐵頭娘子發一聲喊，一起又追了上去，他們遠遠落在白老大的身後，只聽到白老大一邊疾奔，一邊向四處大喊：「**月蘭！月蘭！**」好像在尋人。

　　兩人一直追到那懸崖上，才看到白老大抱着孩子，站在崖邊，向下望着。兩人趕到也向下看去，不禁呆了一呆，發現那個「大鐵餅」已經不在了！

大滿和鐵頭娘子一起叫了白老大一聲，白老大轉過頭來，狠狠地瞪着鐵頭娘子。他臉色鐵青，目光凌厲如刀，樣子可怕得令鐵頭娘子連退了三步，捉住大滿，身子發起抖來。

在白老大凌厲的目光逼視下，兩人連連後退，白老大突然指着鐵頭娘子，暴喝道：「**滾！快滾！**再也別讓我見到你！」

白老大的神情太可怕了，大滿和鐵頭娘子一起轉身就奔，不敢多説半句，不敢多留片刻，最後甚至離開了苗疆，不敢回來。

白素説完了往事之後，望了我一下，「當時，我和木蘭花曾經有過討論。」

我作了一個手勢，示意她先別將討論的結論告訴我，因為在這時，我也有了一個隱約的概念，當時不到兩歲的白奇偉突然在途中**單獨出現**，實在有點不尋常，難道他本來不是一個人？

我在思索的時候，白素一直望着我，等我吁了一口氣，她才問：「你也想到了？」

我十分緩慢地點頭，「鐵頭娘子在苗疆，乍遇白老大，兩人擁抱在一起，儼如情侶的景象，從旁看到的，或許不止大滿一個，還有—— **陳大小姐**。」

説到這裏，我們握着對方的手，兩個人的手都是冰涼的，我們交替説出自己的推測，大致相同，一起 **拼湊** 出當時的情景。

當日白老大和鐵頭娘子相遇，白老大一開始根本認不出她是誰，可是鐵頭娘子卻熱情如火，

緊緊抱住白老大的身體，白老大以為對方遇上什麼 **驚恐** 的事，或是被他撞傷了，所以沒有阻止，還關切地安慰着。這情景看在大滿眼中，已經令他 **雙眼冒火**，若是看在陳大小姐的眼裏，她會怎麼想？

陳大小姐當時懷孕，孕婦的情緒本來就容易波動，再加上陳大小姐的出身、脾性，都是 **驕縱** 慣了的，讓她看到了這個情景，一定受到極大的打擊，有如萬箭穿心、五雷轟頂、天崩地裂！

如果她是一個普通女人，或許會立時現身出來，叱喝責問。但是她性格 **高傲**，豈會如同潑婦一樣吵鬧？

陳大小姐之所以會在現場，我和白素推測認為，她和兒子可能也看到了天上 **異象**，小孩子好奇，堅持要去看看，身為母親的只好陪他去，保護着他。卻不料，看到了白老大和鐵頭娘子 **相擁** 的一幕。

　　陳大小姐當時必定失魂落魄，傷痛之極，呆在原地許久，直到看見白老大走過來，她不想面對他，便急忙轉身跑掉，**遺下了白奇偉**。

　　我和白素不禁慨嘆，一艘不知來自宇宙何處的飛船，進入了地球的大氣層，降落在地球的一處，這樣的一件事，就吸引了幾個人，一起到了那個山頭，於是這四個人的一生都因此 改變；不但是這四個人，更影響到了當時甚至還未出世的許多人，真是世事難料啊！

第三十八章

有口難辯

　　據大滿憶述，他和鐵頭娘子趕到那山洞時，只聽到白老大在山洞裏發出了一聲悲痛莫名的**怒吼**。及後白老大露出那種狠毒的目光，趕走了鐵頭娘子，那表示，白老大知道陳大小姐的出走跟鐵頭娘子有關，所以才會對鐵頭娘子如此**憤恨**。

　　推測到這裏，我大膽估計：「我看，陳大小姐多半是留字出走的，白老大回到山洞，看到了她的留字。」

只見白素身體有點發抖，苦笑道：「不單是出走，她⋯⋯一定是**不想活**了！」

白素的估計更大膽，我不禁打了一個寒顫，沒錯，以陳大小姐倔強剛烈的性格，受了那樣的**打擊**，很可能會衝動行事，要知道，在那些山頭跳崖自殺，實在太容易了！

不過冷靜一想，即使她真的決定自殺，顯然也沒有成功，因為她當時肚裏懷著白素，如果自殺成功，就沒有今天的白素了。

白素自然也想到了這一點，她說：「為什麼自殺沒有成功，木蘭花曾作了兩個分析。一個可能是陳大小姐尋死之前，想起了腹中的**胎兒**所以打消了尋死的念頭。另一個可能是，她在尋死的過程中，也被那兩個**外星人**所救。」

我立即點頭認同，「對！當時那兩個外星人救了鐵

頭娘子和大滿之後，不是突然很急忙地飛向烈火女山洞的方向嗎？看來外星人就是看到或是 *感應* 到了陳大小姐要自盡，所以匆忙趕去 *營救*。」

白素點點頭，「爹應該也想到了這一點，所以又飛奔到懸崖邊去，希望從外星人那裏接回陳大小姐，可是那時宇宙飛船已不見了。」

我十分駭然，「那麼……外星人難道把陳大小姐帶走，*離開了地球* ？」

白素雙眉緊鎖，握住了我的手，「接下來發生的事十分難推測，但我一出世就落在爹的手上，自然是我媽送回去的。」

我也不禁 *皺眉*，「當時你還有幾個月就出世，她不太可能離開了地球，然後又回來把你送回去白老大那裏……」

　　白素吸了一口氣，「最合理的推測，是外星人把她帶到了人類足迹無法到達之處——那些*靈猴*聚居的大峭壁之上，她在那裏，成了靈猴的主人。」

　　我想了一想，覺得這個推測大有道理，所以陳大小姐後來才會收了一個保傑人徒弟，就是殷大德的那個**保鏢**。

　　我和白素認為後來的事情大概是這樣的：白老大在愛妻不見了之後，傷心欲絕，他知道事情其實很容易解釋，所以一直在苗疆等待，同時四出搜尋，希望能破鏡重圓。

　　這段時間有半年之久，白老大自然痛苦莫名，度日如年，十分**難熬**。雖然陳大小姐有絕頂武功，但一想到她身懷六甲，不知流落何方，又有着這樣的誤會，一定也是傷痛欲絕，這令白老大心如刀割，十分擔心。

起初白老大還 **深信** 陳大小姐必定會再現身，聽他解釋。可是等待的結果，卻是陳大小姐送回了剛生下的女嬰，自己仍不現身，竟然連一個解釋的機會都不給白老大！

可想而知，白老大在悲傷之餘，也不免會 **犯了性子**——他同樣是個心高氣傲之人，難免會責怪大小姐太絕情，不留轉圜的餘地。所以他帶着一雙兒女，懷着極大的哀痛， **絕望** 地離開了苗疆。在離開的途中，他又出手救了殷大德。

一幅巨大的拼圖，現在已經 **接近完工** 了！

當年的遭遇如此慘痛，白老大自然不願提起，情形一如我們的女兒叫人抱走之後，出於巨大的 **傷痛** ，我們絕不想提起。

可是我仍然不明白，質問白素：「為什麼木蘭花把這些資料告訴你之後，你不立刻 **轉告** 我？」

白素幽幽嘆了一聲，「因為當中還有一件事，若説出來，會觸及我們埋藏心底最深處的 **痛楚之源**，當時我聽到木蘭花説出來，也悲慟不已。我實在不知道該怎麼對你説，所以一直等待着一個最好的時機才告訴你。」

聽她這樣説，我就知道，這事一定 **牽涉** 到我們的女兒，而且她已經説了，紅綾就是我們的女兒，只是至今還未説清楚箇中原因，於是我問：「那麼，現在 **時機** 應該到了吧？」

白素似有還無地點了一下頭，説：「木蘭花還令我知道了一件事，我們的小人兒，**是給我媽抱走的。**」

我張大了口，一時之間出不了聲，還幾乎昏厥過去。抱走了我們小女兒的，竟然就是她的外婆？

白素詳述道：「在見大滿之前，木蘭花的一個 **親戚**，無意之中説起以前一件遭遇，當時木蘭花聽了就算，但等

到又聽了大滿和鐵頭娘子的事情後，才覺得兩件事可以湊在一起。」

我不禁緊張起來，「那親戚遇到的是什麼事？」

白素吸了一口氣：「那人是雲家五兄弟的老大，當年旋風神偷的**傳人**。」

雲家五兄弟的名頭，我自然聽過，他們如今穩坐世界頂尖尖端工業的第一把**交椅**，其中老四雲四風，娶了木蘭花的妹妹，所以，雲家和木蘭花的關係密切。

白素繼續說：「當年的事十分怪異，雲一風有事在重慶，某夜憑窗遠眺之際，忽然看到一個人影掠過，手中還提着一個**包袱**，看來是一名飛賊。雲一風本是飛賊世家，父親是號稱天下第一的旋風神偷，他見到這情形，一時技癢，便穿窗而出，跟了上去。」

　　雲一風本以為那只不過是**小毛賊**，可是追上去才發現，對方身手高絕，甚至在他之上，使他感到既吃驚又刺激，很想揭開對方的 **神秘面紗**。

　　跟了一程，前面那人上了山，雲一風心中又暗暗吃驚，因為他知道，在那一帶的山上，全是 **達官貴人** 的居所，看來前面那個飛賊的胃口不小。

　　到了一幢洋房之外，那飛賊身形如飛，翻過了圍牆，牆上裝着老高的鐵絲網，看來屋主的防範功夫也做得很足。

　　雲一風也跟着越過了牆，卻見前面那人，把手中包袱放在屋子的牆腳下，人已颼颼地上了牆，那一手「**壁虎游牆功**」，看得雲一風目瞪口呆，絕想不到世上還有什麼人有此絕技。

雲一風這時對那個飛賊已是佩服得五體投地，看見對方弄開了窗子，閃身進去。他暫且不跟去，而在牆腳下等着，一時好奇心起，伸手去**摸**了一下那個包袱。

既有「**神偷**」稱號，就有隔着包袱也能摸出裏面是什麼的本領，雲一風伸手一摸，大吃一驚，因為他摸出那包袱裏是一個**頭**！

雲一風心頭亂跳，就在這時，只聽到樓上吆喝聲、槍聲不絕，然後那飛賊 **穿窗** **而出**，手中又提着一個圓形的布包，一落地，看到了雲一風，呆了一呆，也真夠鎮定，伸手道：「給我！」

一開口，竟是一個女子的聲音，雲一風把包袱遞了給她。

這時候，樓上樓下已燈火通明，人聲嘈雜之中，有人在叫：「**長官的頭不見了！**」叫聲淒厲可怖之極。

雲一風向左首一指：「你從那邊走！」

他話一出口，人已向右首疾掠出去，身形快絕，並且高叫：「殺人者在此！」

他這樣做，除了出於欣賞這女人的身手，想義助她一臂之力外，當然也是趁機 **炫耀** 一下自己的本領。

兩人成功分頭逃去後，雲一風只當作是奇遇一樁，沒想過第二天一早，雲一風收到對方的字條，**答謝** 昨夜義助，並邀他到一家豪華餐廳一聚。

雲一風赴約到達那餐廳，走進了一個獨立房間，馬上看到一位 **大美人** 盈盈起立。雲一風整個人如同遭到 **電殛** 一樣，因為對方的容顏美麗得叫人窒息，彷彿有着一股仙氣，像是天上下凡的 **仙女**。

　　聽到這裏，我不禁失聲問：「這個大美人，就是**陳大小姐**？」

　　白素點了點頭。

　　我接着又問：「那是什麼時候的事？」

　　白素當時也曾這樣問木蘭花，所以她能立刻回答我的問題：「就是我們的小人兒被人抱走之前的**十九天**。」

第三十九章

相認

　　那時的陳大小姐應該已年過四十，但雲一風依然把她形容得 貌若天仙，證明她確實明艷照人，是一位大美人。

　　當時，陳大小姐請雲一風坐下，親手替他斟了 洋酒，介紹自己：「我姓陳，昨晚 手刃 了兩個殺父仇人，他們本是先父手下，卻聯手殺害了先父。事情已過去很多年了，我一直在苗疆人迹不到處隱居逾二十年，所以並不知情，直到最近方知，仇人 還有很多，但是我找兩個首惡算了！」

　　雲一風也是江湖中人，對這種為父報仇的事並不感到驚訝，反而問：「為什麼你會在杳無人迹的地方 隱居 二十年？難道你還是孩童的時候就被遺棄在那裏？」

　　據雲一風的敘述，由於陳大小姐外貌亮麗，使他一見傾心，所以主觀認為眼前這位「天仙」，年紀應該和他一樣年輕。

　　陳大小姐 長嘆 了一聲，並沒有回答為何隱居，只是微笑道：「我已是做了 外婆 的人，聽説是個外孫女兒，這裏的事情一完，我就去看看我的外孫女兒。」

　　雲一風自然不信，「開什麼玩笑！你——」

　　只見陳大小姐現出了極其 凄苦 的神情，在凄苦之中又透出了恨意。雲一風形容道：「從來也未曾看到過一個人的臉上，尤其是那麼美麗的臉上，可以流露出

如此豐富的表情來，像是一生的悲歡離合、喜怒哀樂、愛恨交纏，全都一下子*湧*了出來。」

或許因為憶起往事，心情激動，陳大小姐沒再理會雲一風，以一方絲帕**掩面**拭淚，逕自離去，留下雲一風獨自在那裏**發愣**。

那個「聽說是外孫女兒」，自然就是我和白素的女兒，身為外婆的陳大小姐，**為什麼要抱走外孫？**她受了傷痛之極的打擊後，心理自然有點不平衡，她不肯和白老大相見，但還能把女兒送回去，可見那時她仍保持着一點理智，知道自己的精神狀態和生活環境並不適合帶大女兒。

但在杳無人迹的地方隱居逾二十年後，她的心理狀況到底

演變成怎樣，則不敢想像了。

她口中的「去看看外孫女兒」，就是穿窗而入，把「小人兒」**抱走**。如今想起來，也只有她，才會有那麼好的身手和動機去做這件事。

拼圖終於完成了！白素的母親是陳月蘭，是名將之後，她後來又抱走了孫女，帶到靈猴生活的地方去，就是那個**女野人紅綾**！

白素不知道母親為什麼要這樣做，我們跟不少心理學家討論過，認為那或許是一種**復仇**心態，也可能是她二十年來過得太寂寞，有點不甘心，很後悔當年把女兒送回去給白老大，於是把孫女搶了去，由她帶大，與孫女為伴，以彌補**遺憾**。不過，這一切都是我們的猜測，真正的原因，連心理學家也難以給出一個明確的解釋來。

我有點不忿道：「我們最**無辜**，事情和我們根本一點關係也沒有，可是我們卻要遭受失去女兒之痛，還幾乎陷入瘋狂，不能自拔！」

白素苦笑，「凡事都有因果，我既然是他們的女兒，你既然是我的丈夫，自然也擺脫不了關係。」

我立時又**埋怨**：「這麼重要的事，你聽到之後，就應該立刻告訴我！」

白素嘆了一聲，「沒錯，我聽了木蘭花的話，就已經明白當年女兒失蹤是怎麼一回事，可是該怎樣對你説呢？我知道你也很不容易才將那段痛苦記憶**埋藏**心底，如果馬上告訴你，我們自然會急於去找我媽和我們的女兒，可是該去哪兒找？去苗疆人迹罕至的地方，逐一搜尋嗎？可是萬一找不到呢？要一直找下去嗎？我們豈不是又回到了女兒剛剛**失蹤**時的處境？所以我只好不説，還裝作若無

其事，只在暗中查探，可惜一直沒有進展，直到上次苗疆之行，遇見了這樣的一個女野人，我就有一種很親切的感覺，後來我還偷偷作了*親子鑑定*……真是……皇天不負苦心人——」

她説到這裏，淚水已滾滾而下，我也鼻子發酸，心情激動。聽了白素的解釋，我不但體諒，還十分感動，因為她是為了保護我才**隱瞞**着我，所有的痛苦和壓力都由她一個人去承受。

我們激動地互相*擁抱*着，一起叫了出來：「我們終於得回女兒了！」

然後我和白素相視而笑，又一起説：「還等什麼？」

於是，我們一秒鐘也不願等，立刻準備到藍家峒去，見我們的女兒！

我們聯絡在學 **降頭術** 的藍絲，請她立刻回藍家峒，帶上紅綾到機場來接我們，這樣我們就可以第一時間見到女兒了。

白素見我如此着急，便 *揶揄* 道：「當初聽到我要把紅綾帶回來，就如臨大敵的是什麼人？」

我理直氣壯說：「**此一時彼一時**，知道了是自己的女兒，當然大不相同！」

我曾經有過許多次快樂的旅途，但以這次為最。我也曾有過很多次等待，但也以這次等待最心焦。

兩天之後，我們終於到達當地機場，而藍絲的直升機亦準時來到。我的心情特別緊張，想着與女兒相認時，該做些什麼？說些什麼？

直升機艙門一打開，就看到**兩 白 一 紅**，三條人影一起飛撲而出。

我正在疑惑間，白素已迎了上去，和疾撲而來的紅綾緊緊抱在一起，兩人都發出了陣陣**歡聲**。另外那兩個人，也停了下來，跳躍不已，我這才看清楚，那兩個不是人，而是一種**猿猴**，全身白色，長手長腳，看來頗為不凡。

然後藍絲才由機艙走出來說：「紅綾一定要把兩頭靈猴也帶來，她說是這一對靈猴*養大*她的，剛從深山中來，可不能拋下牠們。」

白素把紅綾推開了一些，指着我，示意紅綾看我。紅綾睜大了眼睛，向我望來，白素多半已在她的耳邊說明了我的身分，紅綾望向我的眼神有點怪，她慢慢地向我走來，我也慢慢地向她走去，鼻子一陣陣**發酸**。

我和紅綾互相對望着，我雙眼潤濕，伸出了雙手，而她也伸出雙手來。當我們雙手互握之際，我感到我和她都有輕微的震動，或許這就是血緣關係引起的感應，紅綾先開口：「你們是我的……**父母**？我不是很懂，我知道你們是……親人，我見到你，心中高興，就像見到牠們一樣！」

她說「見到你」的時候，指了指我和白素。在說到最後一句時，雙臂一伸，就摟住了身邊兩頭靈猴的頸，流露出一種**自然親愛**的神情。

我和白素互望了一眼，我們都知道，要她一下子明白我們之間的關係，是十分困難的事，她能說出這番話來，已經極不容易了！

不知道自己父母是誰的藍絲，突然雙眼**發紅**，握住了紅綾的手說：「你有父母，真替你高興！」

　　紅綾不明白藍絲為什麼顯得傷感，便說：「父母，你要，給你！」

　　藍絲立時**破涕為笑**，「父母怎能亂給人的！」

　　我們都忍不住笑起來，氣氛也輕鬆了許多。

　　這裏畢竟是機場，不能久留，於是我們一行人**擠**上了那架直升機，仍由藍絲駕駛，一起回到藍家峒再說。

　　直升機向藍家峒飛去，白素和紅綾不斷在 說話 。紅綾由於學說話學得太急，所以說話不依常規，有一些話，也只有白素才聽得明白，就像所有母親都懂得嬰兒*牙牙學語*時的話一樣。

　　白素問紅綾這一對靈猴是什麼時候來的，因為她上次走的時候也沒有見過。紅綾神情高興，說是別的猴子帶來的，沒見很久了，但一見還是認識，**小時候**和牠們在一起。

　　突然之間，我心中一動，對白素說：「靈猴聚居之處，人迹難至，但這架性能極好的直升機，總可以飛得到，何不請這一雙靈猴指引，帶我們去那裏看看？」

　　白素怦然心動，因為陳大小姐曾和靈猴在一起，靈猴的聚居處，也就是陳大小姐曾經 **隱居** 的所在！

　　紅綾還真的通曉「**猴語**」，只見她與靈猴一面吱喳，一面做着各種手勢，過了一會，紅綾點頭道：「牠們認識，可以帶我們！」

　　我和白素互望了一眼，心情又再緊張和興奮起來。

第四十章

搖到外婆橋

靈猴開始指手劃腳起來，紅綾傳達着他們的意思，藍絲聽命行事，駕駛着直升機，前往靈猴*聚居處*。

這架先進的直升機，是我的一位醫生朋友杜令留下來的，雖然性能極好，可是在越過幾座崇山峻嶺時，還是被強烈的*氣流*弄至機身劇烈搖擺，相信普通的直升機就經不起這樣的考驗。

直升機終於在一座極高的山峰上空盤旋——那山峰和四周圍的山峰相比，其實不是最高，卻*陡上陡下*，簡直如同一塊四面全削平了的大石，又險又高，而且它 隱藏

於許多山巒之中，所以隱蔽之極，不容易發現。

那山峰的頂上，十分平整，是一個天然的大石坪。紅綾大叫一聲：「**到了！**」

接着，她側頭想了一想，神情遲疑：「這裏，我來過，我知道！」

藍絲把直升機下降，我和白素漸漸看到在那大石坪的一邊，另一座小山峰之上，有着 **建築物** ！

我向白素望去，看到白素口唇掀動，想說什麼，卻又沒有發出聲音。

我也心跳加速，若是那建築物裏忽然走出一個神仙一樣的 **老婦人** 來，只怕我的心臟也負荷不了這樣大的刺激。

結果，這種刺激場面並沒有出現，從那建築物裏衝出來的，是幾十頭 *靈猴* ，毛色有深有淺，但並無白

色。紅綾和那一對靈猴，轉眼就混進了猴群之中了。

　　紅綾和群猴玩耍了片刻，又跳過來，拉住了我們的手，走進那建築物去。我也打量了那建築物，全用方整的石塊組成，看來是就地取材，開山鑿石而建。進去之後，十分 **寬敞** ，也沒有間隔，有的只是許多樹枝搭成的巢穴，那是靈猴搭來居住的。

我們都知道，靈猴再靈，也無法開山劈石，那麼，這屋又是誰造的？陳大小姐憑一人之力能做到嗎？

我們帶着疑惑四面看看，發現一面 **石壁** 上寫了一些字，我和白素一看那些字，都不禁呆住了！

那不是什麼驚人的語句，而是一首全中國人都知道的 **兒歌♪**：「搖啊搖，搖啊搖，搖到外婆橋，外婆叫我好寶寶，糖一包，果一包……」

我和白素不知呆立了多久，紅綾顯然不知道我們為什麼要發呆，她伸手摸着牆上的字，若有所思，可是她無法

記起任何事，因為當時她太小了。

我和白素閉上眼，想像陳大小姐在這裏，抱着我們的**小人兒**，一面搖，一面哼着這首兒歌的情景。

我們兩人的神情一定十分**古怪**，所以令紅綾和一群猴子居然也靜了下來。

等到我們再睜開眼來，看到紅綾正用極其**疑惑**的神情望向我們。藍絲也現出疑惑的眼光，她向一個小小的方形窗口指了一指，窗外的一大幅石坪上，有着一大一小，兩個**同心圓**，大的直徑約有二十公尺，小的直徑約

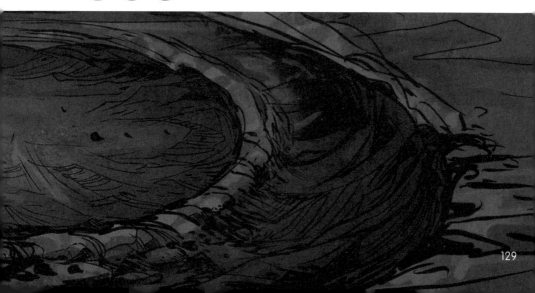

十公尺左右，構成圓形的是一種黑色的焦痕。

我和白素互望了一眼，立時想起大滿、鐵頭娘子和白老大見過的，那發出 **火光**，看起來像一隻「大鐵餅」的宇宙飛船。這令我們更加相信，陳大小姐與那兩個外星人確實有過接觸。

看來陳大小姐把「小人兒」抱回來不久之後，一定又出了什麼變故而要離開，使她無法再照顧小人兒，所以紅綾對於自己何以會淪為女野人，一點 **記憶** 也沒有。

白素靠在我的身上，喃喃道：「我要找……她。」

要找陳大小姐，比大海撈針還難，但我一定支持白素，「好，**我們一起找**，一定會找到的！」

白素知道我是在安慰她，所以嘆了一聲，感激地望了我一眼。紅綾這時走過來，蠢蠢欲動地問：「我可以和靈猴去玩嗎？」

那實在是世上最好聽的人聲，我和白素欣喜地點着頭。

後來經過討論，白素還是聽從了我的意見，把紅綾暫時留在苗疆，我和白素輪流或一起陪她，盡量向她灌輸現代知識。她答應我們努力學習，我們也答應盡快把她帶到外面的世界去。

陳大小姐究竟遭到了什麼樣的變故，而陳二小姐帶了人入苗疆尋找姐姐後，何以音信全無，我們都不得而知。

我和白素自然把一切都告訴了白奇偉，他聽完之後，第一句話就說：「**找老頭子去！**」

「老頭子」是一定要找的，但白素的主張是：「應該去看看他老人家，但不必對他說什麼，何必再勾起他慘痛的回憶？」

我和白奇偉勉強同意，於是，在法國南部和煦的陽光下，各自轉動着 酒杯的時候，我們並沒有說什麼，倒是白老大覺出古怪，追問我們：「在搗什麼鬼？」

我們沒有回答，只是望着他，他閉上眼睛，在陽光之下，他的白髮白眉白鬚，閃閃生光，不論他當年獨闖袍哥總壇時，是如何天神一樣的勇猛，現在也畢竟**老**了。

在**沉默**了一會之後，他忽然緩緩地說：「人生的道路，我快走到盡頭，你們也走了許久。可曾覺得人的一生，一如在不可測的環境中**探險**？」

白素握住了白老大的手，白老大嘆了一聲，「我們永遠不知道前面有什麼，會發生什麼事，會有什麼樣的陷阱和危險在等着你，完全**不可測**。」

我也感慨道：「可是既然踏上了生命之路，總得一直走下去。」

白老大睜開眼來：「是啊，在生命歷程上，每一個人都是探險家，面對種種不可測的**危險**，探險，繼續探險，不斷遭遇變故，也不斷遇上驚喜，沒有人例外。」

他這種說法，我們都很同意。可是他忽然 **話鋒一轉**，一口乾了杯中的酒問道：「好，這次你們給我帶來的是什麼？」

原來我們的神情古裏古怪，已給他看出來了。

白素也不再掩飾，坦白說：「爹，我們的小人兒 **找回來** 了！」

白老大猛然坐直身子，老大的身軀在劇烈發抖，張大了口，聲音嘶啞地問：「那麼……**還有她呢？**」

聽他一問，我們就知道他是早料到「小人兒」給什麼人抱走的，難怪當年我們決定放棄追尋，他並不反對，因為他知道外婆的心理再不平衡，也不會**加害**自己的外孫女兒。

我們告訴白老大，沒有見到「她」，白老大長嘆一聲：「**人生無常**，她可能跟外星人走了。」

正如他自己所說，人生歷程一如探險，前路全不可測，什麼樣的變化，都有可能發生。（未完，請看續集《烈火女》）

陰差陽錯

大麻子聽了後，張大了口，不知道該說什麼才好，那真是**陰差陽錯**，天大的誤會！

意思：事出意外，湊巧錯過或發生誤會。

當頭棒喝

大麻子怕她繼續胡思亂想、泥足深陷，便忍不住對她**當頭棒喝**：「他沒有向你傳達情意，真的沒有！」

意思：佛教禪宗接引弟子時，常用棒一擊或大聲一喝，促其領悟。後用以比喻使人立即醒悟的警示。

錯綜複雜

由此可知，當年發生在苗疆的事**錯綜複雜**，不是一下子能弄得明白的。

意思：形容事態繁亂，不易處理。

順理成章

如果陳大小姐真的用此方法治療白老大，那麼後來兩人走在一起，也十分**順理成章**了。

意思：比喻言行皆自然而然，合乎情理。

大惑不解

我皺着眉，實在**大惑不解**，「那個女野人，對你真的這樣重要嗎？」

意思：指對事物感到非常疑惑，無法了解。

當機立斷

我急於盡快找到女兒，**當機立斷**說：「我去屋外看看，你在屋子裏找找，順便把老蔡弄醒問清楚發生什麼事！」

意思：抓住時機，立刻作出決斷。

猶有餘悸

老蔡臉容抽搐，**猶有餘悸**，斷斷續續道：「我……沒有看到……那是什麼樣的人。」

意思：形容驚懼的心情尚未平息。

悲痛欲絕

白素、白老大和我都感到**悲痛欲絕**，每天所承受的巨大壓力和苦楚，已經到了人可以忍受的極限，我們三人都差點陷入了瘋狂。

意思：傷心哀痛到了極點。

自欺欺人

這雖然是**自欺欺人**，但對我們回復正常的生活十分管用。

意思：不但欺騙自己，也欺騙他人。

一見如故

白素向我敘述她和木蘭花見面的經過，兩人**一見如故**，木蘭花一開口就提及了那宗「摔飛機」事件。

意思：第一次見面就相處和樂融洽，如同老朋友一般。

鬼斧神工

他聽聞俄羅斯巧匠**鬼斧神工**，便去各大都市打聽，終於在極北的城市齊齊哈爾，找到了一位俄國巧匠。

意思：形容技藝精巧，非人力所能及。

餐風飲露

她每天**餐風飲露**，長吁短嘆，淒淒涼涼如孤魂野鬼，渾渾噩噩像行屍走肉，連她自己，也不知道日子是怎麼過的，可是她的一顆心，卻仍然繫在白老大的身上。

意思：形容野外生活或行旅的艱苦。

輕舉妄動

説到這裏，大滿也趕到了，白老大説：「我去找繩索回來，你們留在這裏觀望着，千萬別**輕舉妄動**，我説空手下不去，就是下不去。」

意思：行為不慎，舉止輕浮。

聲色俱厲

白老大説得**聲色俱厲**，鐵頭娘子簡直嚇呆了，不知道如何反應。

意思：説話時的聲音和臉色都很嚴肅。

破鏡重圓

我和白素認為後來的事情大概是這樣的：白老大在愛妻不見了之後，傷心欲絕，他知道事情其實很容易解釋，所以一直在苗疆等待，同時四出搜尋，希望能**破鏡重圓**。

意思：南朝陳國的駙馬徐德言與妻樂昌公主於戰亂分散時各執半鏡，作為他日相見的信物，後來因此得以相聚歸合。

度日如年

這段時間有半年之久，白老大自然痛苦莫名，**度日如年**，十分難熬。

意思：過一天如過一年般的長。比喻日子不好過。

心高氣傲

可想而知，白老大在悲傷之餘，也不免會犯了性子——他同樣是個**心高氣傲**之人，難免會責怪大小姐太絕情，不留轉圜的餘地。

意思：形容因自視過高而盛氣凌人。

目瞪口呆

那一手「壁虎游牆功」，看得雲一風**目瞪口呆**，絕想不到世上還有什麼人有此絕技。

意思：形容因驚嚇或錯愕而神情呆滯的樣子。

五體投地

雲一風這時對那個飛賊已是佩服得**五體投地**，看見對方弄開了窗子，閃身進去。

意思：指雙膝雙肘及頭五處着地。

人迹罕至

去苗疆**人迹罕至**的地方，逐一去搜尋嗎？

意思：指偏僻荒涼的地方。

如臨大敵

白素見我如此着急，便揶揄道：「當初聽到我要把紅綾帶回來，就**如臨大敵**的是什麼人？」

意思：比喻戒備森嚴或事態嚴重。

理直氣壯

我**理直氣壯**説：「此一時彼一時，知道了是自己的女兒，當然大不相同！」

意思：理由正當充分而無所畏懼。

破涕為笑

藍絲立時**破涕為笑**，「父母怎能亂給人的！」

意思：涕，眼淚。破涕為笑指停止哭泣，轉為喜笑。比喻轉悲為喜。

牙牙學語

紅綾由於學説話學得太急，所以説話不依常規，有一些話，也只有白素才聽得明白，就像所有母親都懂得嬰兒**牙牙學語**時的話一樣。

意思：形容嬰兒初學説話的聲音。

若有所思

我和白素不知呆立了多久，紅綾顯然不知道我們為什麼要發呆，她伸手摸着牆上的字，**若有所思**，可是她無法記起任何事，因為當時她太小了。

意思：發愣不語，好像在想些什麼似的。

大海撈針

要找陳大小姐，比**大海撈針**還難，但我一定支持白素，「好，我們一起找，一定會找到的！」

意思：比喻東西很難找到或事情難以完成。

蠢蠢欲動

紅綾這時走過來，**蠢蠢欲動**地問：「我可以和靈猴去玩嗎？」

意思：比喻人等待機會活動的模樣。

人生無常

我們告訴白老大，沒有見到「她」，白老大長嘆一聲：「**人生無常**，她可能跟外星人走了。」

意思：人的一生變化萬千，無常理可循，難以掌握。

衛斯理系列 少年版 21

繼續探險 下

作　　　　者：衛斯理（倪匡）

文 字 整 理：耿啟文

繪　　　　畫：鄺志德

責 任 編 輯：陳珈悠　朱寶儀

封 面 及 美 術 設 計：BeHi The Scene

出　　　　版：明窗出版社

發　　　　行：明報出版社有限公司

　　　　　　　香港柴灣嘉業街 18 號

　　　　　　　明報工業中心 A 座 15 樓

電　　　　話：2595 3215

傳　　　　真：2898 2646

網　　　　址：http://books.mingpao.com/

電 子 郵 箱：mpp@mingpao.com

版　　　　次：二〇二一年十二月初版

I S B N：978-988-8688-13-5

承　　　　印：美雅印刷製本有限公司